AF246433

AVIS

AUX PÈRES;

OU

LA FILLE CORRIGÉE,

VAUDEVILLE EN UN ACTE,

PAR MM. MAXIME DE REDON ET DEFRENOY.

Représenté pour la première fois, à PARIS, sur le Théâtre des JEUNES ARTISTES, rue de Bondy, le Lundi, 26 Mai 1806.

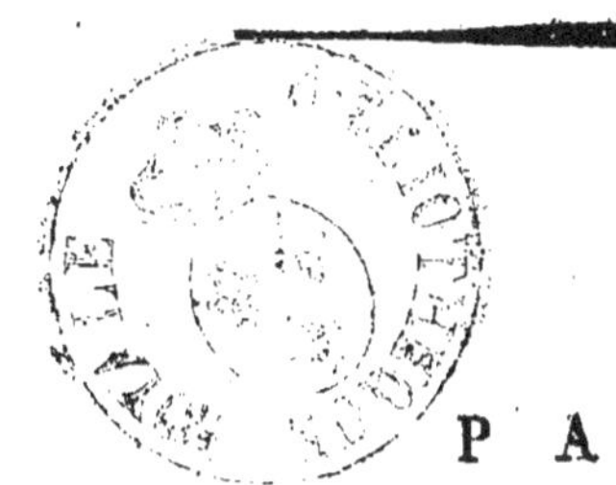

PARIS.

Chez MALDAN, au dépôt des Pièces de Théâtre, anciennes et nouvelles, rue de la grande Truanderie, N°. 11.

1806.

<table>
<tr><td>

PERSONNAGES.

M. de MERCOURT.

DORVAL, *amant de Rosine.*

ROSINE, *fille de M. de Mercourt.*

GERVAISE, *nourrice de M. Mercourt.*

UN DOMESTIQUE.

</td><td>

ACTEURS.

M. Prudent.

M. Deschamps.

Mlle. Virginie.

Mlle. Clémence.

M. Astruc.

</td></tr>
</table>

La Scène est à la Campagne, chez Monsieur de Mercourt, *le Théâtre représente un Salon.*

COUPLET D'ANNONCE.

(*L'Auteur est censé s'adresser au public.*)

Air: *Du Vaudeville de l'Amant Instituteur.*

Je suis un grand donneur d'*Avis*,
D'en recevoir quoique je craigne,
Je donne à chacun des *Avis*
Qu'hélas! trop souvent on dédaigne.
Ne sachant pas si votre *Avis*
Est d'être indulgens ou sévères;
Messieurs je vous donne l'*Avis*
D'applaudir mon *Avis aux Pères.*

AVIS

AUX PERES,

OU LA FILLE CORRIGÉE,

VAUDEVILLE.

SCÈNE PREMIÈRE.

Mr. de MERCOURT, GERVAISE.

GERVAISE.

Me voilà, mon cher monsieur de Mercourt, me voilà ! qu'avez-vous donc à m'apprendre, sans doute bien des choses, car il y a 16 ans que je n'vous ai vu, depuis ce tems vous vous êtes marié, votre femme est morte en vous laissant une jolie petite fille, que j'nai pas encore vue, et avec qui vous allez m'faire faire connaissance, c'est sans doute le désir d'li faire voir c'telle-là qui vous a nourri de son lait; qui vous a engagé à m'faire v'nir près de vous, au surplus, m'y v'la, toute prête à vous servir si j'en somme capable, ainsi qu'not jeune demoiselle.

Mr. de MERCOURT.

Oui ma chère, oui ma bonne Gervaise, j'ai grand besoin de toi.

GERVAISE.

Eh bien, tant mieux, mon cher maître, c'est quand nous sommes dans la peine qu'l'on connaît ceux qui nous sont attachés, et vous allez voir...

Mr. de MERCOURT.

Je compte sur ton zèle, dans la fleur de l'âge et de la santé. (Tu le sais je n'ai que 40 ans.)

GERVAISE.

Trédame et pas une avec, je vous ai nourrie, et l'on ne croirait-pas en me voyant

Mr. de MERCOURT.

Maître d'une fortune considérable, que j'augmente encor chaque jour, père d'une fille charmante, rien ne

manquerait à mon bonheur, si les personnes à qui j'avais
confié l'éducation de ma fille, n'avaient gâté son cœur en
voulant orner son esprit, l'obstination, l'orgueil, le dédain
le plus insultant, sont ses défauts prédominans Dorval
jeune homme, riche, aimable, d'une naissance illustre,
et d'une figure agréable, ma demandé sa main, et ma
Rosine, tout en m'avouant qu'il est tel que je te l'ai
peint, et qu'elle a le cœur libre, a refusé ce parti, et
dix autres des plus avantageux. Ah ! ma chère Gervaise,
qu'un père souffre des travers de ses enfans.

A I R : *prenons d'abord l'air bien méchant.*

Ah ! sur le cœur de mon enfant,
Quand mes bontés n'ont plus d'empire,
Puis-je résister un instant,
A la douleur qui me déchire.
Loin d'avancer notre trépas
Par ses égaremens, ma chère,
Chaque enfant ne devrait-il pas,
Essuyer les pleurs de son père.

A peine en sortant du berceau,
L'enfant se plaint, se désespère,
Ce chetif et frêle arbrisseau,
A besoin des soins d'une mère,
S'il croît en vertus, en talens,
S'il est heureux ! quel jour prospère !
Ah ! le bonheur de ses enfans,
Sait tarir les larmes d'un père.

G E R V A I S E.

Que j'vous plains, not' bon seigneur, vous n'avez
qu'une enfant et elle cause vos peines, tandis que nous,
pauvre paysanne, j'en ons duatre, et qu'j' n'sommes
heureux que par eux.

Mr. de M E R C O U R T.

Mon amitié pour ma fille, m'engage à prendre tous
les moyens convenables pour opérer en elle le changement
que je désire. Dorval, ce jeune homme dont je t'ai parlé,
ne s'est pas rebuté des refus de Rosine, il est avec moi
dans ce château, et c'est lui qui m'a engagé à te faire
venir, parceque tu peux nous être utile dans la leçon
que je veux donner à ma fille.

G E R V A I S E.

Ah ! parlez, c'est d'tout mon cœur si je le puis.

Mr. de M E R C O U R T.

Voici Dorval.

SCÈNE II.

MR. DE MERCOURT, GERVAISE, DORVAL.

DORVAL, *montrant Gervaise.*

C'est sans doute celle que nous attendions ?

GERVAISE.

Oui Mr, j'sommes Gervaise, nourrice d'vot beau père futur.

DORVAL

Que ne dites-vous vrai ?

Mr. de MERCOURT.

Avez-vous vu ma fille aujourd'hui, mon cher Dorval.

DORVAL.

AIR : *de Marcellin.*

Ce matin dans votre jardin,
J'ai vu la fleur la plus charmante,
Près d'elle, papillon badin,
Voltigeoit d'une aile tremblante,
Près de la fleur je fis un pas,
Elle me parût fraîche éclose,
Et je dis : voyant ses appas,
C'est ma Rosine, où quelque rose.

Mr. de MERCOURT.

C'étoit Rosine ?

DORVAL.

Qui en m'appercevant, se leva brusquement, et rentra dans le château, où je n'osai la suivre.

GERVAISE.

C'n'étoit p't'être pas c'qu'elle vouloit, t'nez M. j'suis femme partant je dois connaître l'faible d'mon sexe, Eh ben c'est toujours pour que vous insistiez, que nous vous r'fusons c'que vous d'mandez.

DORVAL, *à M. de Mercourt.*

Vous ne l'avez pas mise au fait de ce que nous méditons ?

M. de MERCOURT.

C'est vous que ce soin regarde. Mais, mon ami, vous augurez donc bien du stratagème que vous avez imaginé pour ramener Rosine aux sentimens qu'elle aurait toujours dû avoir.

DORVAL.

Je suis sûr de réussir.

Air : *C'est à mon maître en l'art de plaire.*

De Rosine, le caractère
Fut gâté dès les jeunes ans.

Mais par mes tendres soins, j'espère
Qu'il changera sous peu d'instans.
Elle apprendra que si la femme
Est souveraine de mon cœur,
Elle ne peut toucher mon ame,
Que par la bonté, la douceur.

GERVAISE.

V'la justement comme je pensons au village, aussi j'faisons tout c'qui fait plaisir à nos maris, à moins qu'cela ne nous déplaise cependant.

M. de MERCOURT.

Je vais avoir un entretien avec Rosine, placés dans ce cabinet, vous verrez tous deux quel en sera le résultat, s'il n'est pas satisfaisant, vous m'enverrez cette lettre, conçue selon vos desirs, et vous informerez Gervaise du rôle que nous prétendons lui faire jouer. Allez, mes amis, je vais faire un dernier effort.

GERVAISE.

Un mot. Mamselle Rosine refuse d'vous épouser, mais êtes vous bien sûr qu'elle ne vous aime pas ?

DORVAL.

Quelquefois je me suis flatté du contraire.

GERVAISE.

Tant mieux, elle sera plus facile à corriger.

Air : *De tous les temps l'ignorance.*

Dans le cœur d'une fillette,
Quand l'orgueil est combattu
Par l'amour, dont l'interprête
Est la modeste vertu,
L'orgueil qui, près d'elle, veille,
Doit cesser d'être en faveur,
Quand l'amour, à son oreille,
Vient lui dire : ouvre ton *cœur*.

M. de MERCOURT, GERVAISE, DORVAL.

L'orgueil qui, près d'elle, veille,
Doit cesser d'être en faveur,
Quand l'amour, à son oreille,
Vient lui dire : ouvre ton cœur.

Dorval sort avec Gervaise.

SCÈNE III.

M. DE MERCOURT, *seul.*

Rosine va venir ; puisse notre projet réussir au gré de nos vœux.

(7)

Air : *De l'Olympe c'est le père.*

Malgré les défauts de Rosine,
Je ne puis cesser de l'aimer ;
Si, parfois, son ton me chagrine,
Ses regards savent me charmer;
Elle est si jeune et si gentille,
Que, sans former d'autre desir,
Le moment où je vois ma fille,
Est pour moi l'heure du plaisir.

L'idée de Dorval est ingénieuse ; nulle autre qu'un amant ne l'aurait conçue ; elle corrigera Rosine, j'ose encore l'espérer.

Air : *Croyez-vous en donner vote part.*

Nous allons attaquer son cœur,
Pour le rendre bon et sensible,
Ah ! quelle serait ma douleur,
Si nous le trouvions inflexible.
Alors que pour nous affliger,
Nos enfans viennent sur la terre;
Les aimer, et les corriger,   (*bis.*)
Sont les premiers devoirs d'un père,   (*bis.*)

J'apperçois Rosine.

SCÈNE IV.

M. de MERCOURT, ROSINE.

ROSINE.

Ah ! vous voilà mon père.

M. de MERCOURT.

Oui je réfléchis à tes refus obtinés...

ROSINE.

D'épouser Dorval? je compte assez sur vos bontés pour présumer que vous ne me forcerez pas de m'unir à lui ?

M. de MERCOURT.

En saurai-je le motif?

ROSINE.

Mon père. (*A part.*) Je le sais bien moi le motif, il m'a demandé à mon père sans savoir si j'y consentais.

M. de MERCOURT.

Le haïrais-tu ?

ROSINE.

Le haïr ? (*A part.*) imprudente. j'ai failli me trahir.

M. de MERCOURT.

Tu ne peux craindre qu'il soit léger, il t'aime tant.

ROSINE.

A ce qu'il dit, ah ! ces hommes, ces hommes doit-on
compter sur leur parole.

AIR : *avec vous sous le même toît.*

Aux doux objets de leurs amours,
Jurer une constance extrême,
Et pourtant changer tous les jours,
Aujourd'hui voilà comme on aime,
Quand tout les porte au changement
Pouvons nous les croire fidèles,
Est-ce donc pour être constant,
Qu'à l'amour ils donnent des ailes.

MERCOURT, *avec amitié.*

Rosine.

ROSINE.

Mon père ?

M. de MERCOURT.

Tu as des secrets pour moi ?

ROSINE.

Quoi vous penseriez, (*A part.*) Tenons-nous sur nos
gardes.

M. de MERCOURT.

Oui mon enfant tu aimes.

AIR : *souvent on voit à la fenêtre.*

En vain, on prétend se contraindre,
Et déguiser ses sentimens,
Désir d'amour ne saurait feindre
Car il doit profiter du tems.

ROSINE.

Desir d'amour n'est que chimère,
Il s'éteint avec le plaisir,
Telle est la fleur qui sait nous plaire,
Un jour la voit naître et mourir.

M. de MERCOURT, *à part.*

Toujours la même obstination.

ROSINE, *à part.*

Que dit-il ? (*Haut.*) vous croyez donc mon père que
Dorval a pour moi beaucoup d'amour.

M. de MERCOURT.

Et l'hymen le prolongerait.

ROSINE.

L'hymen prolonger l'amour ? vous me permettrez de vous
dire mon père, que j'ai des preuves du contraire.

AIR : *du vaudeville de l'intrigue dans la rue.*

Apprenez qu'en se mariant,
D'amour on borne l'existence,

efforts infructueux, va sans doute m'envoyer. Justement j'apperçois.

SCENE V.

Les précédens, UN DOMESTIQUE.
LE DOMESTIQUE.
C'est une lettre de Nantes.
M. de MERCOURT, *feignant un grand trouble.*
De Nantes ? donnez   (*il lit.*)
ROSINE.
L'effroi se peint sur son visage.
M. de MERCOURT, *au valet.*
Retirez vous.

SCENE VI.

M. DE MERCOURT, ROSINE.
ROSINE.
Mon père.
M. de MERCOURT.
Je suis perdu.
ROSINE.
Comment ?
M. de MERCOURT.
Une faillite affreuse, m'a enlevé toute ma fortune.
ROSINE.
Dieux (*à part*) Cachons mon trouble. (*haut*) nous sommes donc...
M. de MERCOURT.
Ruinés sans ressource.
ROSINE.
Sans ressource.
M. de MERCOURT.
A moins que tu ne veuilles donner ta main à Dorval, il est généreux, et je ne doute pas que malgré notre infortune.   ROSINE.
Vous croyez ?
Mr. de MERCOURT.
Son cœur m'est connu, il se pourra que dans le monde, on dise que tu ne l'épouses que par intérêt, mais...
ROSINE.
On diroit cela ? en ce cas mon père ne pensons plus à ce projet, croyez que je n'ai jamais été moins disposée qu'en ce moment à m'unir à celui dont je tiendrais une fortune. (*A part.*) Que j'aurais voulu augmenter de la mienne.

2

Mr. de MERCOURT, *à part.*

Le dépit s'en mêle, notre stratagême a réussi (*haut*) tu as raison ma fille, il ne doit plus être question entre vous.....

SCENE VII.

Les précédens, GERVAISE, DORVAL, *en Paysan.*

GERVAISE.

Eh bien M. de Mercourt nous voilà, mon fils et moi, qui venons savoir quand il vous plaira de nous payer?

ROSINE, *bas à son père.*

Quelle est cette femme ?

M. de MERCOURT.

Une personne honnête à qui.... retire-toi, je t'en conjure.

ROSINE, *à part.*

Il voudrait m'éloigner, restons.

GERVAISE, *bas à M. de Mercourt.*

Suis-je bien dans mon rôle ?

Mr. de MERCOURT, *de même.*

A merveille.

DORVAL, *de même.*

Ne craignez vous pas qu'elle ne me reconnaisse ?

M. de MERCOURT, *à Dorval.*

Mon cher Dorval, vous êtes méconnaissable.

ROSINE, *a part.*

Qu'ont-ils donc à parler bas ?

GERVAISE.

C'est qu'on m'a dit qu'vous étiez ruiné, et si cela était.....

M de MERCOURT.

Il n'est que trop vrai.

GERVAISE.

AIR : *de la Fanfare de St.-Cloud.*

Payez moi donc tout à l'heure
Quatre mille écus comptans,
Il me les faut, que je meure,
Car mes besoins sont urgens.
Suivant la commune route
Vous voilà banqueroutier,
Si vous faites banqueroute,
Vous avez de quoi payer.

Mr. de MERCOURT.

Ma bonne, je vous assure....

ROSINE, *à part*

Mon père implorer la clémence de cette paysanne. Quelle humiliation !

DORVAL, *à part*.

Elle commence à s'affecter, continuons. (*haut.*) j'voûs-lions bien croire monsieur qu'vous ne pouvez nous payer, et c'est pour c'te raison qu'jons accompagné ma mère, à l'effet de vous proposer un moyen de vous libérer envers nous.

M. de MERCOURT.

Parlez mon ami ?

GERVAISE.

Avant de vous le dire , il désire avoir un entretien avec Mams'elle.

ROSINE.

Mon père vous consentirez à ce que cet homme.

M, DE MERCOURT.

Ma fille , nous avons besoin de lui.

ROSINE.

Il demande un entretien avec moi , je le lui accorde donc puisque vous l'exigez ; (*à part*) mais la manière dont je lui répondrai ne l'engagera pas à en désirer un second.

DORVAL, *à M. de Mercourt et à Gervaise*.

Vous allez me laisser seul avec elle, et j'essayerai.. ...

GERVAISE, *à Dorval*.

Parlez - lui de la bonne façon. Alle paraît tant soit peu orgueilleuse.

ROSINE, *à part*.

Que mon père est bon d'écouter ces paysans.

DORVAL, *bas à M de Mercourt*.

Je ne vais savoir que lui dire.

M. de MERCOURT.

La situation vous inspirera ; sur-tout soyez éloquent.

DORVAL.

Eloquent ?

M. DE MERCOURT.

Eh oui !

AIR : *Peu de gens se rendent justice*.

Savez - vous pas que l'éloquence
Fait ressortir les sentimens ;
Que si l'on garde le silence
On risque d'attendre long-tems.
Lui parler doit vous satisfaire :
Quand on a su nous enflammer,
Le cœur près de qui sait nous plaire
Manque-t-il d'art pour s'exprimer.

GERVAISE.

Allons M. de Mercourt, sortons, et laissons ces jeunes gens ensembles.

ROSINE, *courant après M de Mercourt qui sort.*
Seule avec lui, mon père.
M. de MERCOURT.
Nous sommes ruinés, mon enfant.

(*M. de Mercourt et Gervaise sortent.*)

SCÈNE VIII.
ROSINE, DORVAL, *en paysan*
DORVAL, *à part*

Voici cet instant que j'ai tant désiré, et que je redoute à présent !

ROSINE.

Mettons-nous à ce métier, et feignons de ne pas nous appercevoir de sa présence : (*elle se met à un métier.*)

DORVAL, *à part.*

Il faut lui parler ainsi (*haut*) Mademoiselle (*à part*) elle ne répond pas (*haut*) Mademoiselle : (*à part*) pas le mot ? la conversation ne laisse pas que d'être amusante.

ROSINE, *à part.*

S'il pouvait s'en aller

DORVAL.

Mademoiselle,

AIR : *Myriagrames.*
Vous devez quatre mille écus
A ma très-respectable mère,
Avec les intérêts, échus
Depuis la semaine dernière.
Je vous ons vu, je vous aimons,
D'vous épouser j'ai l'espérance ;
Baillez-moi vot' main, j'vous donn'rons
Trois baisers et vot' quittance.   (*bis*)

ROSINE, *à part.*

Quelle proposition ! mais mon père a besoin de lui ; adoucissons mon refus. (*haut*) Vous unir à moi, mon ami, mais y pensez-vous ?

DORVAL.

Si je n'y pensais point, je n'vous aurions pas demandé à vot' père qui consent à not' mariage.

ROSINE.

Mon père y consent, dites-vous ; mais il n'a donc pas réfléchi ?

DORVAL.

N'y a pas d'réflexion qui vaille ces paroles que j'lui ont dites : j'suis riche, et vous n'l'êtes plus.

ROSINE.

Vous me paraissez si jeune.

DORVAL.

J'n'ous que dix-huit ans, mais patience, avec le temps
j'veillirons ainsi qu'vous; d'ailleurs un jeune homme et tout
fin dret c'qu'il faut pour l'mariage.

ROSINE.

Vous vous trompez.

Air : *Du Vaudeville de l'Athénée des femmes.*

Oui, le jeune homme est pour l'hymen
Trop imprudent et trop aimable ;
Qui l'épouse sans examen,
Se prépare un sort déplorable,
L'amour seul a des traits puissans,
Qui, dans l'hymen, sont peu de choses ;
Cueillir les boutons au printems,
L'été c'est se priver des roses.

DORVAL.

(*A part*) Continuons sur le même ton. (*haut.*) la cause
d'vot refus a un autre motif, et je l'devinons. Épouser un
paysan vous choque, n'est-il pas vrai, et bien mamselle,
apprenez qu'tout paysan que j'sommes, je n'nous change-
rions pas pour bien du monde que j'voyons tous les jours.
Apprenez que si nos membres, endurcis à la fatigue, nous
donnent un air plus grossier qu'vos Adonis Parisiens, en
revanche aussi nos sentimens sont plus délicats que les
leurs.

Air : *Je suis charmé qu'on me dise.* (Intrigue dans la rue.)

Je suis fier de ma naissance,
Car j'ai d'honnêtes parens,
Dont la conduite, au silence,
Contraignit les médisans ;
J'ai mes deux bras pour richesse,
Pour protecteur j'ai les dieux,
Ma probité pour noblesse,
Et mes vertus pour ayeux.

Ces titres en valent bien d'autres.

ROSINE.

(*A part.*) Que le ton de ce paysan est brusque et impoli;
puisqu'il m'y force, ôtons-lui, par un refus bien formel,
toute espèce de prétention.

DORVAL.

A part.) Elle paraît profondément affectée, c'est ce que
je demandais. (*Haut.*) Eh bien, ma belle enfant, pouvons-
je tout faire préparer pour not' mariage ?

ROSINE.

Cessez, monsieur, de m'humilier d'avantage par vos

propos insultans, et souvenez-vous bien que la fille de M. de Mercourt ne peut et ne veut s'unir qu'à un homme dont le rang égale celui que j'étais destinée à occuper dans la société.

DORVAL.

C'est là votre dernier mot ? en ce cas je vais.....

SCÈNE IX.
Les précédens, GERVAISE.
GERVAISE.

Eh bien, not' fieu, êtes vous d'accord ensemble, et puis-je l'embrasser comme ma bru, et lui faire mon compliment de c'qu'elle épouse mon grand Nicolas.

ROSINE.

Retirez-vous tous deux, et souvenez-vous du respect que l'on doit me porter.

GERVAISE.

A vous du respect, ma p'tite mère! j'n'en sommes pas si prodigue. Je n'l'accordons qu'à celui dont les vertus servent d'exemples à nos enfans, dont les bienfaits servent à soulager les malheureux, à c'lui enfin dont les talens tournent au profit d'ses semblables : quand vous ressemblerez à c'lui dont j'viens d'vous tracer l'portrait, j'vous respecterons d'tout not' cœur; mais à présent vous ne m'inspirez que la pitié.

ROSINE.

La pitié!

DORVAL, *(bas à Gervaise.)*

Courage.

GERVAISE.

Oui la pitié. Vous refusez mon fils, et vous faites bien, vous n'êtes pas digne de lui; il ne vous méprise pas, lui, et n'vous méprisera peut-être jamais, mais le monde.....

ROSINE.

Le monde ?

GERVAISE.

La perte de votre fortune laissera appercevoir vos dégoûts, et vous n'y gagnerez pas.....

ROSINE.

Hier riche, on m'adorait. Aujourd'hui pauvre, on me méprisera dites-vous? la fortune a donc bien du pouvoir.

GERVAISE.

Si elle en a.

Air : *il faut quitter ce que j'adore*

La fortune couvre le vice
Qui devient un défaut léger,

La fortune voile un caprice,
Et parvient à le corriger.
Etes-vous pauvre, on vous évite,
On accueille l'homme opulent,
Et l'on n'applaudit au mérite
Qu'autant qu'il est joint à l'argent.

Au surplus Mademoiselle, mon fils f'sait p't'être une sottise en vous épousant, et je suis contente qu'vous l'en empêchiez. Quant à la créance de M. de Mercourt, j'là lui aurions rendue, en forme de présent de noce, mais puisque vous persistez dans vos refus, j'nous retirons et allons faire mettre à exécution sa promesse d'nous payer quatre mille écus. Sans adieu ma p'tite, vous me r'verrez plutôt qu'vous n'voudrez : eh bien que fait-tu là, planté sur tes jambes à nous écouter, est-ce que tu l'aimerais encore, j'voudrais bien voir ça par exemple. Allons vite suis moi.

(*Gervaise sort avec Dorval.*)

SCÈNE X.

ROSINE (*seule.*)

Infortunée Rosine, à quels traitemens viens-tu d'être exposée ; des misérables villageois qu'hier encore..... Dorval, ne paraît pas, sans doute il a su notre ruine, peut-être la présumait-il depuis long-temps ; peut-être est-ce les doutes que ma fortune lui inspiraient, qui l'empêchaient de lire dans mon cœur.

Air : *Du conteur, ou les deux Postes.*

Ah ! comment put-il se méprendre
Sur le tendre aveu de mon cœur ?
S'il n'a pas voulu le comprendre
C'est qu'il ressent une autre ardeur.
Oui, pour porter à d'autres belles,
Un sentiment toujours nouveau,
De l'Amour il garde les aîles
Et feint d'en avoir le bandeau.

J'apperçois mon père, la tristesse est peinte sur son visage, peut-être en suis-je la cause.

SCENE XI.

M. de MERCOURT, ROSINE.

M. de MERCOURT.

Ah ! te voilà mon enfant ?

ROSINE.

Eh bien !

M. de MERCOURT.

Je viens de regarder l'état de mes biens, leur totalité
abandonnée à mes créanciers pourra les satisfaire en partie.

ROSINE.

Et il ne vous restera. ...

Mr. de MERCOURT.

Rien, que le souvenir de mon opulence.

ROSINE.

Et la femme qui vient de me quitter ?

M. de MERCOURT.

C'est elle qui me désespère. L'ami que j'avais cautionné
de tous mes biens, ayant manqué, m'impose la dure né-
cessité d'abandonner à ses créanciers toutes nos propriétés,
mais la femme que tu viens de voir est porteur d'un
effet souscrit par moi, qui entraîne la prise de corps : si
je ne m'empresse de l'acquitter.

ROSINE.

Et vous ne le pouvez ?

M. de MERCOURT.

La somme est tellement forte... J'avais bien un moyen
de me libérer, mais tu me l'as ôté en rejetant les pro-
positions de son fils, jeune homme estimable......

ROSINE.

Il voulait m'épouser ?

M. de MERCOURT.

Que pouvait-il t'arriver de plus heureux, avec la perte
de tes biens, doit s'évanouir toute idée de grandeur, et..

ROSINE.

Je le sais, mais quand notre cœur n'est plus à nous.

Mr. de MERCOURT.

Tu aimerais ?

ROSINE.

Air : *ange de nuit.*

De ses désirs, peut-on être maîtresse
Quand de l'amour nous entendons l'accent.
Mon jeune cœur s'ouvrit à la tendresse,
Comme une fleur au soleil bienfaisant.
Celui que j'aime était tendre,
Mais je refusai sa foi :
Si vous aviez pu l'entendre
Vous l'aimeriez comme moi.

M. de MERCOURT.

M. de MERCOURT, *à part.*

C'est de Dorval qu'elle me parle, mon cœur la deviné.
trop heureuse épreuve ! (*haut.*) Puisque tu aimes ma
chère amie, je ne te contraindrai pas, la porteuse de mon
billet fera ce qui lui plaira, je ne forcerai jamais ma fille
s'unir à un homme à qui elle donnerait la main, quand
un cœur aime ailleurs, pour m'éviter d'être traîné dans
une obscure prison

ROSINE.

Comment vous craindriez ?

M. de MERCOURT.

Cette femme qui désirait t'appeller sa fille, en a le
pouvoir si je ne m'acquitte aujourd'hui.

ROSINE.

Et ce pouvoir, en usera-t-elle ?

M. de MERCOURT.

Elle m'en a menacé.

ROSINE.

Eh quoi mon père quand d'un mot je puis vous sauver,
balancerais à le prononcer, non, pardonnez-moi les
torts dont je me suis rendue coupable envers vous, en
répondant si mal à vos bontés, j'épouserai le fils de votre
créancière, trop heureuse si ma résignation peut me rega-
ner votre amitié.

M. de MERCOURT.

Mais tu aimes quelqu'un m'as-tu dit !

ROSINE.

Oui, c'est en tremblant que je vais vous le nommer,
lui à qui tant de fois vous avez desiré de m'unir. Dorval
enfin....

M. de MERCOURT.

Tu l'aimerais ? et pourquoi cruelle enfant ne pas me
l'avoir dit plutôt ?

ROSINE.

Par une suite de l'obstination, qui réglait toutes mes
démarches, mais à présent que je me sens bon gré de l'avoir
refusé, vous le voyez mon père c'étoit l'appas seul de ma
fortune qui l'attachait à moi, et depuis notre ruine Dorval..

SCÈNE XII, et dernière.

DORVAL, M. de MERCOURT, ROSINE, GERVAISE.

DORVAL, s'avançant.

A vos pieds, plus épris que jamais, bénit un stratagême ùi assure que notre bonheur commun...

ROSINE.

Comment?

M. de MERCOURT.

Oui ma Rosine, ma ruine était knite, c'est Dorval, qui, sous l'habit de villageois t'a demandé ta main, qu'elle soit sa récompense.

ROSINE, montrant Gervaise.

Mais mon père cette femme, vous lui devez.

M. de MERCOURT.

Beaucoup, c'est elle qui m'a élevé.

GERVAISE.

Oui, ma belle demoiselle, je suis sa vieille nourrice, permettez donc que je vous embrasse.

ROSINE.

Comme vous m'avez trompé.

M. de MERCOURT.

C'était pour ton bonheur. Puissent les pères apprendre par mon exemple, que si par fois nos enfans s'écartent de la route que nous leur avons tracée, nous devons chercher à les ramener, par la raison, la douceur et la bonté.

VAUDEVILLE.

Air : *Du Vaudeville de Grimou.*

M. de MERCOURT.

J'ai du corriger mon enfant,
Et j'y suis parvenu j'espère,
La sévérité maintenant
Fait place aux caresses d'un père.

A mes avis pour cette fois
Ma fille se montre flexible :
Malgré ses défauts je le vois
Nul enfant n'est incorrigible.

G E R V A I S E.

A la jeunesse à la beauté
Appartient le droit de séduire,
En vain j'en ai la volonté,
Au silence il faut me réduire.
Quand à mon âge on veut aimer,
A tort on se montre sensible.
Oh! pourquoi dans l'art de charmer
Ne peut-on être incorrigible.

D O R V A L.

Oui, l'on se corrige en tout tems,
Cette chose me paraît claire,
L'on se corrige des talens,
Et l'on perd les moyens de plaire.
Se corrigeant de ses amours,
Le Français n'est pas moins sensible;
Mais, dans l'art de vaincre toujours,
On sait qu'il est incorrigible.

R O S I N E, *au Public.*

Puisse l'indulgence aujourd'hui
Adopter cette légère œuvre,
En nous accordant votre appui,
A la pièce servez de père.
Mais en la corrigeant hélas,
Ne vous montrez pas inflexible :
Que le sifflet ne prouve pas
Que l'Auteur est incorrigible.

F I N.

www.ingramcontent.com/pod-product-compliance
Lightning Source LLC
LaVergne TN
LVHW010136060726
842524LV00005B/1958